令和元年

新家完司川柳集（七）

掛け値なし六十五キロ風来坊

大胆に行こうこの世は肝試し

心臓は本日止まる気配なし

雑念とゴミを原動力にする

アホ馬鹿まぬけ　ボールペン試し書き

悪口は言わずノートに書いている

フリーサイズ伸縮自在マイハート

猿人から続く雑食系である

蔵はないけれども貯金箱はある

やわらかなともしびであるあかんぼう
赤ちゃんのぶうぶうぶうぶうはラブソング
地球より重くて温いあかんぼう

あかんぼう此の世に飽いて大あくび

死にそうな町に元気な保育園

二歳児がママに「ちがう！」と言っている

「かしこい！」と言えば賢くなる子ども

お日さまに失礼をして朝寝坊

引力に逆らいコンマ二秒浮く

お仲間のしるし名札をぶら下げる

気前いい友だちみんな金がない

金持の真似は三日も続かない

別嬪に騙されやすいＤＮＡ

フェロモンはまだ少しある脇の下

肝臓は強いが心臓は弱い

ゴリラには男らしさで負けている

私にはどれも似合わぬ真善美

メイド・イン・チャイナの靴でよく転ぶ

本棚で防御しているテリトリー
どうしても自慢が多くなるブログ
教材にどうぞ私の頭蓋骨

真っ白なシーツ無職の私にも
午前二時目覚め午後二時眠くなる
今がいい今がうとうと林住期

空港の展望台でエトランゼ
折りたたみ傘をカモメに嗤われる
くたびれたスーツ現役記念品

法律に触れてはいない大欠伸

アホなこと言って欠伸をして日暮れ

心技体合わずに脚立から落ちる

一日に三度も飯を食っている
礼節を育んできた米の飯
トムヤムクンよりもやっぱりお味噌汁

精進を重ねやれやれやっと春

ぼんやりと小さな灯り雛祭り

竜宮へ向かって進む流し雛

地蔵さまの鼻も膨らむ花便り

ドレミドレミドレミファソ~と出るツクシ

門を外しなさいと桜咲く

春風をふわり纏って飲みに出る

旅立った友に献杯花の下

向こう岸まいにち花見酒らしい

雀にも礼を言いたい良い天気

小雀ピーこの世はいつも新しい

小雀が師匠飛ぶのも歌うのも

花びらを浮かべ笑っているバケツ

すいすいと空を磨いているトンビ

生きるべしミミズのように蚊のように

ごきげんようごきげんようと桜散る

花吹雪浴び渋滞の列にいる

恩人はみんな桜の木になった

悪口をたっぷり乗せてくる黄砂

前頭葉あたりはいつも春霞

私へのエール鮮やかホーホケキョ

新しい本の香りがする四月

べっぴんとイケメンばかり春の街

ピアノは弾けないが口笛は吹ける

菜の花が休耕田を照らし出す
いい名前スズラン桔梗ハナミズキ
にんげんを許して水仙が開く

サムライの末裔である臍の位置
皆さまの前では軽いステップで
少々の腹痛なにもせず治す

腹減ると失せる程度の片想い

ボケたって運転免許返さない

パスポート更新カメラも買い替える

不純物ないかこころの襞あたり
おっぱいが気になる僕も哺乳類
我ながらガッツはあるが品がない

ＣＭにケチつけるのもボケ防止
三階の窓ぐらいなら飛べそうだ
精神鑑定いちどお願いしてみよう

リハーサルなくても出来る孫自慢

サービス残業していた頃が華だった

仏壇と一緒にご飯待っている

安売りの肉が冷凍室にある
ゲテモノが好き初めてのものが好き
つるりんと妙なオクラの花サラダ

どれぐらいあれば「金持ち」なんだろう
専用機ないが専用チャリはある
ひっそりと町の外れに住んでいる

赤い目のサソリ不気味に星巡る

身綺麗にせよと僕だけ俄雨

ぐにゃぐにゃのハートでショックには強い

野良猫を叱って今日はまだ元気

鼻ピアス見ると説教したくなる

裸ではオランウータンにも負ける

偶然のヒット必然の空振り

経験で覆面パトはすぐ解る

コンニャクで五臓六腑の毒を抜く

散歩道に唾吐く僕のマーキング
花占いは吉　星占いは凶
ぼくからぼくへドンマイというエール

丁寧に洗えば笑う足の裏

我が胸のマングローブも失せてゆく

スマホさえあれば独りに耐えられる

としよりの木ももやもやとする五月
さて今日は何をしようか「子どもの日」
嬉しくてぐいぐい泳ぐ鯉のぼり

朗らかな歌をうたっている大樹

それぞれの樹が考えた葉の形

木の葉から読まねばならぬ樹の想い

ともだちが育てた豆で豆ごはん

平穏であれと山鳩ポーポポー

神さまへ直訴している揚げ雲雀

生き延びた目玉に沁みる柿若葉

道端で寝転がるにもいい季節

ミニトマト添えて回覧板が来る

ツバメから嗤われているオスプレイ

それなりに煌いているアブラムシ

神さまを呼んでいるのに蜂が来る

海亀のようにゆったり大らかに

ぶかぶかの長靴梅雨もまた楽し

ナメクジとデンデンムシは親戚か

負けん気を育む雨の日の散歩

肝臓の数値まずまず梅雨明ける

血圧に悪い阪神タイガース

イカナゴの釘煮で背骨補強中

水族館のメダカと会った佳き日なり

英語より犬語のほうがよくわかる

メルカリをやっと覚えた脳の隅
キムリアもようやく分かりかけてきた
ＧＤＰランク覚えてボケ防止

益の字は大社造りになっている

「パスタ」カタカナ「うどん」ひらがな「蕎麦」漢字

廃屋が廃の形に朽ちている

大阪弁ぬくいおもろいやわらかい
津軽弁も出雲訛りもおともだち
パパハバカパパハバカだと言うアヒル

はてさてな栃麺棒という言葉

五年後も書けないだろう鬱の文字

文才が無いのは辞書も知っている

ヒヨコはかわいいブロイラーはうまい

なめくじのペース高等テクニック

カピバラの顔は睡眠導入剤

パンダから遠くひっそり熊の檻

ゴキブリは貧乏神の召し使い

アフリカの土に還そう象の骨

難民が流れる深い深い闇

難民にスーパーマンが現れぬ

軽率に言ってはならぬ「かわいそう」

ミサイルの形は憎しみの形

銃撃戦遠くゆるキャラ・コンテスト

話し合いより簡単な殴り合い

人も国も「強くやさしい」のは至難
逆さまにすると愉快な世界地図
戦争は駄目ビリケンが言っている

ずけずけと聞こえてしまう中国語
ふくらんできた中国の鼻の穴
西之島でっかくなって頼もしい

大海原の境界線で揉めている
ややこしい国とも喧嘩せぬように
美しい地球のばばっちい僕等

その名前だけでも不気味ボコ・ハラム
飛行機も墜ちてしまうとゴミの山
不滅だと叫ぶセイタカアワダチソウ

海の底までにんげんの手が伸びる

人の世の汚泥はるかに星巡る

快晴も嵐も大いなる答

薄物が眩しい初夏の美魔女たち

まほろばのこころ伝える茄子の紺

夕立ちはいいがカミナリお断り

どんよりは夏風邪なのかグータラか

どちらがお好き猫屋敷ゴミ屋敷

何食べて元気いいのかアブラムシ

暑苦しい顔はお互いさまである
情熱はレッド理性はコバルトブルー
新聞の記事をポリグラフにかける

サルビアがビール欲しいとダレている

仏壇もエアコンが要る熱帯夜

熱中症対策ヘソを出して寝る

猛暑などへっちゃらピーと雀の子

子々孫々伝えてゆこう西瓜割り

落としたらあかん西瓜も赤ちゃんも

鯛ヒラメ蛸の涙も混じる海

島唄のスローテンポが心地好い

重症のバッタを草むらに戻す

法螺吹きも詐欺師も数字には強い

悪口を気にしないのも芸の内

人間が集うとお手洗いが要る

天井の裏に内気な福の神
神さまは後期高齢者の姿
神さまを見つけたゴミを拾っていた

ほとけさまが替える地蔵のよだれかけ

法律を守れと睨む信号機

ダイヤモンドより美しいレインボー

自堕落なウイルスを撒くテレビジョン
くだらないテレビ切るのもエコロジー
にんげんはもっと賢い筈なのに

離婚せぬ辛抱強い友ばかり

奥さまと地球をもっと大切に

おもしろい仲間この世はおもちゃ箱

若き日のときめきがある御堂筋

遠くから見ると別嬪さんばかり

マドンナの笑顔句会の参加賞

大阪のおばちゃん五人トルネード
おばちゃんのポケット今日はニッキ飴
脳天に刺さるおまわりさんの笛

発車ベル列車も駅も身構える

トンネルの空気を替えている列車

ナビゲーターなどは要らない霊柩車

トイレまでバニラの香り菓子工場

究極の愛の形のウォシュレット

ちんまりと萎まれた師の影を踏む

痒いとこ掻いてやるよと招き猫

八百万の神より多い賽銭箱

コマ送りピピピと一日が過ぎた

この国を朗らかにする卑弥呼たち

女は太陽　男は黒ナマコ

口論の果てに残った水たまり

四十五億年先輩のお月さま
役割が違うお日さまお月さま
田園を潰して伸びるハイウェイ

にんげんの愚かさを吐く輪転機

群れるのも散るのも早い皆の衆

がんばって探せば見える他人のアラ

いつお会いしても無口な地蔵さま
戦争をストップできぬ神ばかり
神さまはずっと爆睡中である

積年の苦労が分かる芸達者

たおやかなこころ奪ってゆく格差

二分ほどこころ洗ってくれた虹

ゴミ屋敷だね洗わない金魚鉢

シマウマもキリンも凝ったニューモード

風よりも静かな言葉手話の指

千円でいいのだろうか義捐金

挫折したトランペットが黴だらけ

ヒト科以外みんな静かに流れている

本物はすぐに壊れるシャボン玉

マドンナもぽっかり二つ鼻の穴

おだやかな人とは限らないエクボ

老人になる行列が途切れない
右も左も前も後ろも老人だ
頭から足の先まで高齢者

歯が抜けた仲間ヒヒヒと笑い合う
シルバーのつもりがドブネズミ色だ
寄り道と余所見で脳を活性化

この世などどうせ南京玉すだれ

こころざし低くて足取りが軽い

恐竜の化石が何か言いたそう

峠から秋がためらいながら来る

男だねメタセコイアの立ち姿

残高を金木犀が盗み見る

鳥取の水はエビアンよりうまい

鳥取が一番　大阪が二番

ガジュマルの根っ子は負けん気の形

ヴィオロンが聞こえてこない大都会

晴れた日はシャンソン雨の日は演歌

大空に風の道あり雁渡る

ときどきは思い出すべし海の音

あの世への道の途中に浮かぶ月

月光の街マイカーは宇宙船

居眠りをしているうちに晩ごはん

ピロリ菌やっつけた腹グーと鳴る

和洋中やはりお腹にやさしい和

ジャガイモが好きで北海道が好き

自販機のコーンスープも乙なもの

葡萄ひとふさ王さまのように食う

一隅を明るく照らす紅生姜

お抹茶をいただくしばし文化人

デリケートなハートを守る皮下脂肪

二の腕は繕いようもなく翁
としよりの箸から逃げるごはん粒
ぽろぽろとこぼしてどうもすみません

ネクタイを拒否するボヘミアンの首
マグロよりマツバガニより鯛のアラ
モロッコでは松茸なんか猿のエサ

爺さんであるが暴走族である
制限速度守ると眠くなってくる
警察には何度も世話になっている

ぼんやりと寝不足なのかボケ気味か
頭蓋骨鍾乳洞になっている
古い血が古い頭で淀んでいる

足腰はガタガタ頭スッカスカ
ボケないか案じてばかりでもボケる
ゆっくりとボケているので分からない

ジャンプ傘ほどの気力も失せてきた
体温が魚のようになってゆく
沈没船わたしの未来図のように

階段が「かかって来い！」と聳え立つ
ギクシャクとロボット風になってきた
固まった足ごきごきとスクワット

お先に失礼と蟬が死んでいる
秋風がパッチを穿けと言っている
としよりの道には渋い柿ばかり

診断書もっと野菜を食えと言う

晩酌に向かうハードル七千歩

定刻に定量を飲む自己管理

「森伊蔵」まず神棚に差し上げる
酒のないお食事会はおことわり
飲みに行く時間ですよと陽が沈む

飲み過ぎぬようにと老婆たちの声

立ち飲みで出会い酒場でまた出会う

アニサキス殺す焼酎ストレート

名水のあふれる里で酒浸り
飲まないとボケる飲み過ぎてもボケる
酒浴びて透明になる修行中

ともだちが消えた凹みに酒を注ぐ
凹んでも飲めばポポンと元通り
前世でも酒に溺れていたような

軸足はもうアルコール依存症
治す気はなしアルコール依存症
体幹が酒で歪んでいるようだ

酒が旨くてチェ・ゲバラにはなれず
翼パタパタ焼酎がエネルギー
焼酎の力で笑い合っている

古典的酒場で笠智衆になる
たましいを清めるお酒飲みすぎる
いい土になれそうもない飲んだくれ

天罰は必ず下る昼の酒

上品に酔っぱらうのはむつかしい

一升瓶並べて輪投げでもするか

逆さまになっても酒ぐらい飲める
眠くても線路枕にせぬように
二日酔い頭の中はゴミ屋敷

ナツメロのリズムで赤い灯が点る
カラオケの師匠カラスの勘太郎
おだてると二十曲でも歌います

恋人のように微笑む酒場の灯
指切りはしていないけど飲み仲間
豪雨でも怯みはしない飲み仲間

居酒屋に集う輩は共謀罪
拳骨を開いて酒を注ぎ合おう
飲みましょう電信柱揺れるまで

我ながら酔えばいささかやかましい

立ち飲みで泣くオッサンをどうするか

熱いオトコ飲めば暑苦しい男

ろくでなしばかり残った三次会

ふるさとへ辿り着けない千鳥足

子や孫に見せてはならぬ千鳥足

千鳥足いつか車に撥ねられる

このいのち朽ち果てるまで飲み歩く

よっぱらいと草刈機には近寄らぬ

もう秋かと思っていたらもう冬だ
お迎えがやって来そうな空模様
雑音を吸い込んでいる茜雲

青春のどの街角も寒かった
人の声途絶えて雪の降る気配
にんげんは来るべからずと山に雪

また冬だ障子の穴を塞がねば
傾いた家で今年も冬籠り
窓叩くのは惜別の歌ばかり

冬はもう大腿骨の中にいる

千代紙の和柄育てた雪月花

晩年の冬をじっくり味わおう

正月のほとけへ小芋ブリお酒

ボケぬよう死にませぬよう初詣

元日の新聞読まず資源ゴミ

山芋を高級にするメンタイコ

大概は善人である鍋奉行

蟹喰らう姿を鬼が見ているぞ

としよりの空にも淡いレインボー
老朽船ですがまだまだ沈まない
ひろびろと荒野のままであれ男

ゴミ出し日キミもゴミかとカラス舞う

神仏が存在感を増す日暮れ

しがみついていないと流れ星になる

浮き雲に乗って同窓会便り

都会は100ワット里は10ワット

都市砂漠旅と思えばまた楽し

病院は老人たちの六本木

朱鷺ほども尊重されぬ高齢者

紙オムツごときにくじけないように

喜寿到来いま人生の午後八時

赤い灯の街でも目立つ高齢者

まだ酒は飲めるぜと言う喜寿の臍

朗々と歌う老人たちの河

まだ元気まだ終電に駆け込める

反省の足りぬ面々終電車

とんがったままでは介護受けられぬ

歳月に鼻っ柱を砕かれる

味のある顔は米寿を過ぎてから

としよりの金盗るヤツは縛り首
あおり運転してきたヤツは轢き殺す
この星に歯型残しているところ

浮き雲になろう潰されないうちに
病院へ二時間　墓場まで二分
映画館はないが葬儀場ふたつ

一生などパラパラ漫画五、六枚

お祭りの日が命日にならぬよう

目覚めたらあの世だったというように

シャカシャカと柩に入るまで歩く

あの世まで持って行きたいものはない

頭から枯れる花木もにんげんも

ＡＩも首を傾げる死後のこと
ご飯さえ食わねば叶う安楽死
あばよっと海の藻屑になるもよし

ウミネコに死にたいのかと嗤われる
ばあちゃんは天国じいちゃんは地獄
飽きるまで生きるしんなりしたたかに

あの世まで続く日暮れの散歩道
あの世にも桜並木があるように
希望などなくても生きてゆきましょう

意地悪の仕上げに老醜を晒す

シベリアの風と闘うゴング鳴る

令和元年

◯

令和元年 11 月 18 日

著 者

新 家 完 司

発行人

松 岡 恭 子

発行所

新 葉 館 出 版

大阪市東成区玉津 1 丁目 9-16 4F 〒 537-0023
TEL06-4259-3777 FAX06-4259-3888
http://shinyokan.ne.jp

印刷所

株式会社太洋社

◯

定価はカバーに表示してあります。

ISBN978-4-86044-998-8